U0029525

# 憤世媽媽
cynical mom

林蔚昀

# 目錄 Contents

PART② 婚姻是愛情的陰宅

PART ③ **家事不是病，做起來要人命**

PART④ 小孩是甜蜜的水逆

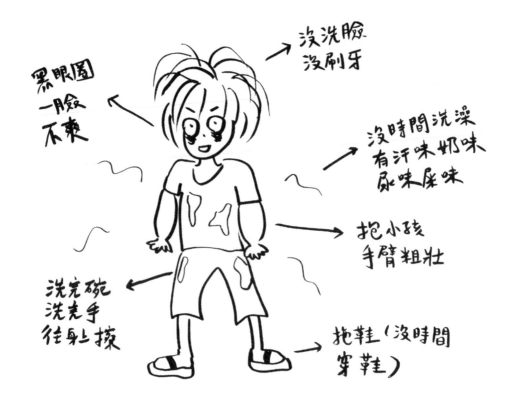

沒洗臉
沒刷牙

黑眼圈
一臉
不爽

沒時間洗澡
有汗味奶味
尿味屎味

抱小孩
手臂粗壯

洗完碗
洗完手
往身上擦

拖鞋（沒時間
穿鞋）

# 媽媽，妳為什麼不（能）生氣？

會當上憤世媽媽，完全是巧合。有一陣子生活苦悶，工
作家事養小孩的困頓以及各種鳥事彷彿約好似地紛至沓
來，光用文字無法抒發，而且有些悶是講不出來的，於
是開始畫圖，放在臉書上和朋友（其他的媽媽）分享。
許多人看了有共鳴，敲碗叫我成立粉專。那，粉專要叫
什麼名字呢？一開始想叫厭世媽媽，但已經有人註冊
了。有朋友說：「那就叫憤世媽媽吧。」於是，我就應
觀眾要求，成了憤世媽媽。

雖說是誤打誤撞，但憤世媽媽和我的個性蠻合的。面對
母職，許多我的情緒不是無力或厭惡，而是憤怒。但是，
我們的社會好像不太允許媽媽（其實小孩也是）有憤怒
的情緒，網路上充斥著「媽媽生氣大吼會對孩子造成恐

怖後果」之類的文章，許多我認識的媽媽生氣對孩子大吼也會有罪惡感。我知道大吼不好，但是會對孩子造成傷害的東西有很多，比如社會忽略／不尊重小孩的氛圍、制式的學校教育、環境污染、錯誤的法律制度……為何檢討媽媽的文章特別多？爸爸和其他人在哪裡？

媽媽生氣大吼、罵人甚至打人，的確會傷害孩子，為了保護、尊重孩子，媽媽也確實應該好好面對、處理自己的情緒。但是，要媽媽完全不生氣，或是每次生氣都可以冷靜覺察，站在孩子的立場著想並且照顧他的需求，好像有點太理想而不切實際，至少，我做不到。

憤怒通常是問題的結果，不是原因。看見憤怒背後的問題，去解決它，甚至化憤怒為改變的動力，對我來說比處理憤怒本身來得重要。一直要媽媽「好」，要她不生氣、不傷心、不委屈，永遠準備好犧牲奉獻（而且還不能覺得自己在犧牲，因為太悲情了，只好自我催眠「都是我心甘情願」），似乎也會造成很大的壓力。不過，

有時憤怒的程度過於激烈，就要處裡它，比如發現自己快要失控，可能會對小孩說很傷人的話或打小孩，這時如果可以，就趕快離開現場冷靜一下，像《月薪嬌妻》說的：「逃避雖可恥但有用」。

我想說真心話，有真實的快樂、憂傷、憤怒，不必讓自己和他人有壓力，所以我畫憤世媽媽。我把憤怒留在畫裡，這樣就能帶著比較平穩的心情，迎向生活裡排山倒海的鳥人鳥事。生氣的時候就去畫畫，這是我面對的方式之一，也是我的減壓閥。

當然，生活中不是只有憤怒，也有微小平凡的幸福和悠閒喘口氣的時光，我希望用畫畫把它們記錄下來。我也不想把老公小孩扭曲成屁孩（雖然很多時候他們真的很機車），藉此塑造自己苦情偉大的可憐形象。人生從來都不是那麼黑白分明的，雖然黑白分明可能比較符合觀眾胃口，但這樣畫久了我搞不好也會真心相信，生活就很難過了。

生活是什麼？走到三十七歲的現在，我覺得啊，生活是一地的碎玻璃。有光照上去的時候，碎玻璃會閃閃發光，看起來像鑽石，但是，千萬不要光腳去踩。要走過去，至少要穿個馬靴。這本小書是獻給我自己，以及許多在生活中奮鬥的媽媽們的馬靴。馬靴是：不要再溫娘恭姐了，可以像自己，可以不足，可以有討厭的事，可以生氣，覺得幹可以大聲罵出來。但是平安走過玻璃後，記得不要讓自己變成玻璃，也不要拿玻璃去扎人，可以的話，帶著溫柔同理把玻璃掃一掃，讓走過去的人不被刺到。

因為畢竟，不是每個人都能有一雙馬靴來面對世界的。

溫娓恭妲退散～
全世界的憤媽們站起來！

# PART ①

## 天啊！我變成了一個媽媽！

媽媽版
《變形記》

小說家卡夫卡（Franz Kafka）寫過一個短篇故事〈變形記〉，關於一個叫做 Gregor Samsa 的人早上起來，發現自己變成一隻大怪蟲。

雖然我沒有變成怪蟲，但我也經歷了變形記，生活一陣天搖地動。當了媽媽，手臂變粗壯了（因為要抱小孩），嗓門變大了（因為常常罵小孩罵老公），做什麼事都要衝衝衝（因為小孩在腳邊要媽媽抱），經常碎碎念，買衣服都先買小孩的，也越來越不修邊幅，完全像個黃臉婆，或是連續劇裡面的媽媽……

# 念個不停的媽媽

還沒當媽時，我最討厭爸媽對我不停碎碎念：「穿衣服，不然會著涼。抬頭挺胸，不要駝背。不要在這麼暗的地方看東西，對眼睛不好。不要一直看電腦。不要太晚睡。不要太晚回來。唉，妳怎麼都講不聽呢？」

我爸媽已經算很少念的父母了，但我還是會覺得煩。沒想到，我當上媽後，念的竟然比他們還多！還會跳針：「你聽到沒？你有沒有在聽？知不知道？」而我的小孩也像我當年一樣露出不耐煩的神色，拉長尾音說：「聽——到了！知——道了啦！」

# 變身哥吉拉

念久了沒人聽，就會爆氣。一旦爆氣，媽媽就會變身哥吉拉，擋也擋不住。那時候，所有的委屈不滿都會出籠，化為對小孩的大吼大叫，所有不該說出口的話都說出口了（比如：你不知感謝、我討厭你、我不喜歡和你們在一起、我以後不要帶你出來玩了……），所有原本可以避免造成的傷害也都造成了。

有一本童書叫《大吼大叫的企鵝媽媽》，講一個媽媽對小孩大吼大叫完後，小孩的身體四分五裂，頭飄到外太空，身體有的飄到叢林有的飄到沙漠，只有腳還在一直跑。每次我吼小孩，看到小孩身體抖一下，或是哭出來，都會感到：「啊，我真的傷害了他。」為了自保，小孩也會吼回來，然後，我們就會吵架，一起四分五裂。
童書中的企鵝媽媽把小企鵝分裂的身體找回來縫好，我覺得很溫馨，我家大兒子覺得很假。現實中，我們不一定能縫好。如果能不大吼大叫，好好講話，那是最好，但現實很多時候都離理想很遠啊。

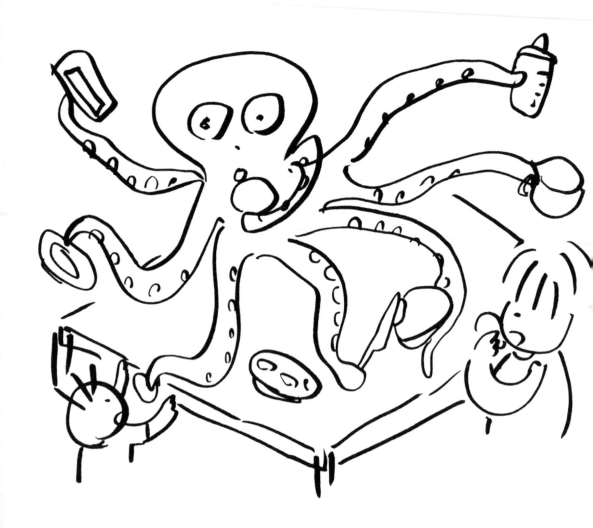

# 一心多用的八爪章魚

有一陣子，我很少吼小孩，即使有不順也可以心平氣和地去面對，大不了灑手不管。家庭和樂的程度，讓我不禁懷疑自己修養怎麼突然變那麼好。但過一陣子，我又開始對小孩大吼大叫了。兩個時期最大的差異，就是第一個時期我處於半休息狀態，第二個時期我忙得昏天黑地。

人一忙就會累，就會亂，就會出錯，然後就會有更多不順。可不可以一次只好好做一件事呢？可以是可以啊，但是可不可能就是另一回事了。我常覺得自己像八爪章魚，要一心多用，邊帶小孩邊煮飯邊洗碗，腦子裡還在醞釀晚一點要寫的稿子。除了小孩睡著或出門趕稿，我很少可以專心寫 e-mail、講電話、寫稿。常有人問我：「什麼時候打電話給妳方便？」這問題聽了很心酸，因為什麼時候都不方便。

# 愛我，就讓我自己上廁所！

不方便的狀態，即使在我「方便」的時候也是如此。許多媽媽應該
都有這樣的經驗吧：想上個廁所洗個澡，小孩硬要擠進來看，或是
在門口哭，或是透過通風口的縫隙偷看，說：「媽咪！」不然就是
在遠處不知搞什麼鬼，讓人心驚膽顫，所以，只好速戰速決。

如果可以，好想和我家老二說：「愛我，就讓我自己上廁所！」但
我知道他太小聽不懂，畢竟我小時候也曾經守在門前，陪我媽媽一
起上廁所、洗澡啊。

# 沒空煮，就出去吃吧！

除了鹽洗，吃飯也很不方便。老二還小的時候，很喜歡動來動去、到處亂走（我媽說他是自走砲），出去吃飯根本沒辦法放他一個人坐著，必須抓著他餵食（謝天謝地，現在他可以自己吃了）。如果有人看見我們吃飯，一定會覺得我像一個被他操縱、手忙腳亂的人偶。

既然這麼辛苦為什麼還要出去吃？因為在家煮也很辛苦啊，要在廚房裡揮汗，煮好了還不一定有人吃，吃不完又要清剩菜，然後有一堆鍋碗瓢盆要洗。既然在台灣自己煮沒有比吃外食便宜，那，真的沒空或沒心情煮時，還是出去吃或外帶吧！

# 有小孩的人生，就像天天被搶銀行

外食的另一個理由，是為了省時。沒有小孩的人，可能很難想像，有小孩的二十四小時，是怎麼過的。簡單講，如果時間是金錢，那有小孩的人生，就像是天天被搶銀行啊。有人可能覺得誇張，煮飯加洗碗也不過三四十分鐘，有什麼好抱怨的？只是，一天三次加起來也要一個半小時到兩個多小時，摺衣服看作業給小孩洗澡哄他們睡覺也需要時間……這樣東加西加，一天也過得差不多了。

逝者如斯

（憤世媽媽在川上）

# 小孩帶財走

常聽到「時間就是金錢」，但是當了媽後，我覺得「金錢就是時間」
也說得通。有了錢，才能買洗碗機、烘乾機、洗衣機、掃地機器人、
甚至請家事打掃服務……想想看，有這些東西，可以省下多少時間，
沒這些東西，要浪費多少時間啊！但為了買洗碗機和掃地機器人、
請家事打掃服務來省時間，要先花時間去賺錢。賺到了錢也不一定
能花在這些機器上面，因為小孩的衣服鞋子、課輔社團、家庭旅遊、
我的工作用書要擺在優先順位。雖然大家都說小孩會帶財來，但我
看是小孩帶財走……這時就會祈禱自己中樂透，這樣魚與熊掌就可
以兼得了。

21世紀
「青年藝術家
的畫像」

你一年有多本譯作、
著作出版，請問
你如何
平衡工作、
家庭和育兒？

拿肝去換。

## 媽媽上兩輪班

每次和人家說我在家工作，大家的反應多半是：「好好喔！可以一邊帶小孩一邊工作！」只有同業會心酸地點頭，露出理解的憂鬱笑容。一邊帶小孩一邊工作，表示我要上兩輪班，白天帶小孩，晚上犧牲睡眠趕稿（多年來，除了寒暑假，我每天平均睡四小時），而且還沒有週休二日和連假。有時火燒屁股了，就會請老公帶小孩，我天天去趕稿，但那樣真累啊！

年紀越大，身體越來越吃不消。所以，今年改成每兩天出門趕一次稿，另一天在家休息帶小孩，讓自己和老公喘口氣（這是理想目標啦，現實就……）。

有時候，
我覺得我像個
集塵袋

36

# 媽媽很累

帶小孩不只是生理的累，也包括心理的累。小孩講不聽，很累。叫老公做事叫半天他還是不動，很累。和老公小孩吵架，很累。明明這麼累卻被人說沒做事（比如抱怨一下就被老公說：「妳只喜歡工作，妳對小孩家事沒興趣。」我這麼累是要怎麼有興趣？），犯了錯被放大檢討，努力卻沒被看到，很累。

有時候明明委屈到了極點，卻不能表露出來（因為要避免第三次世界大戰），那真是累到斃啊。當然，疲累委屈不滿累積到了臨界點，還是會火山爆發的，但之後還是要自己清理事發現場，去道歉、溝通、安撫⋯⋯那就更累了。

都是mom
的錯

生而為母，

你很倒楣。

小孩沒
家教

台灣沒
競爭力

小孩厭食是
因為母親很會忍

媽寶

啃老

我躺著也中槍？！

38

# 為何沒有「爸寶」？

心累的原因之一是常常被責怪。以前沒當媽媽時，我也喜歡什麼事都怪媽媽，自己有什麼童年創傷，就是「因為我媽」。看到別人小孩頑皮不講理，就是「因為他媽」。當媽後，這種怪媽媽的膝反射比較少了。看到別人對媽媽的批評，把小孩吃不好／長不高、台灣沒競爭力、小孩沒家教、小孩有身心疾病、老公不會做家事都怪到媽媽身上（老實說，我很討厭「媽寶」這個字，怎麼不說「爸寶」啊），也會無名火起。

並不是說，我們不能批評檢討媽媽。身為主要照顧者（很不幸，雖然男女平權講了很多年，但最後照顧小孩的多半是媽媽），媽媽確實要負很多責任。但這不表示，小孩有什麼問題都是媽媽沒照顧好、沒教好啊，爸爸和其他人也有責任吧！

# 所有人都可以對媽媽下指導棋

當媽後我發現了一件奇妙的事。很多人沒有當媽,卻信心滿滿地認為可以對媽媽下指導棋。但這些人看不見媽媽的困境或侷限,所以他們的建議都頗為「何不食肉糜」。有時候這些指點彼此矛盾,讓媽媽覺得怎麼做都不對。比如小孩哭了媽媽抱,有人說會寵壞,小孩哭了媽媽不抱,又有人說媽媽怎麼那麼狠心。有些人不帶小孩已經三四十年了,辛苦早就忘光光,卻用「我那個年代啊」來批評現代的媽媽不夠吃苦耐勞、帶不好、教不好,甚至懷疑「真的有這麼累嗎?」聽到媽媽抱怨一下辛苦或不快樂,也會有人回:「不想生可以不要生啊。」「歡喜做甘願受。」「媽媽不開心會讓小孩不開心,為了小孩媽媽要振作。」

「妳也沒多辛苦嘛。」「這沒什麼,小孩長大妳就會懷念這段辛苦的時光了。」這些風涼話可能是出於善意的變相鼓勵,但這聽在媽媽耳裡卻會讓她心寒,覺得沒被同理。

42

# 母親節當一天公主

自從當了媽媽，每次母親節將近，心情都很矛盾複雜。一方面覺得
自己應該要開心，小孩也會做卡片、做家事（因為學校有母親節活
動，還有學習單呢），跑來說媽媽我愛妳。但另一方面，我實在無
法理解，在一年中的其他月份，大家無所不用其極批評母親，然後
到了母親節前一個月，母親的偉大、慈愛和犧牲卻被瘋狂歌頌。而
且，在這一個月，不管母親本人願不願意，她都突然（被）化身為
各種產品（清潔用品、蛋糕、花、大餐）的代言人，創造無限商機，
而且還沒有收代言費！

這種反差，讓我想到仙度蕊拉。平常是灰姑娘，只有在舞會之夜才
穿上玻璃鞋變身公主，但是舞會結束後馬車變回南瓜，媽媽也被打
回原形。

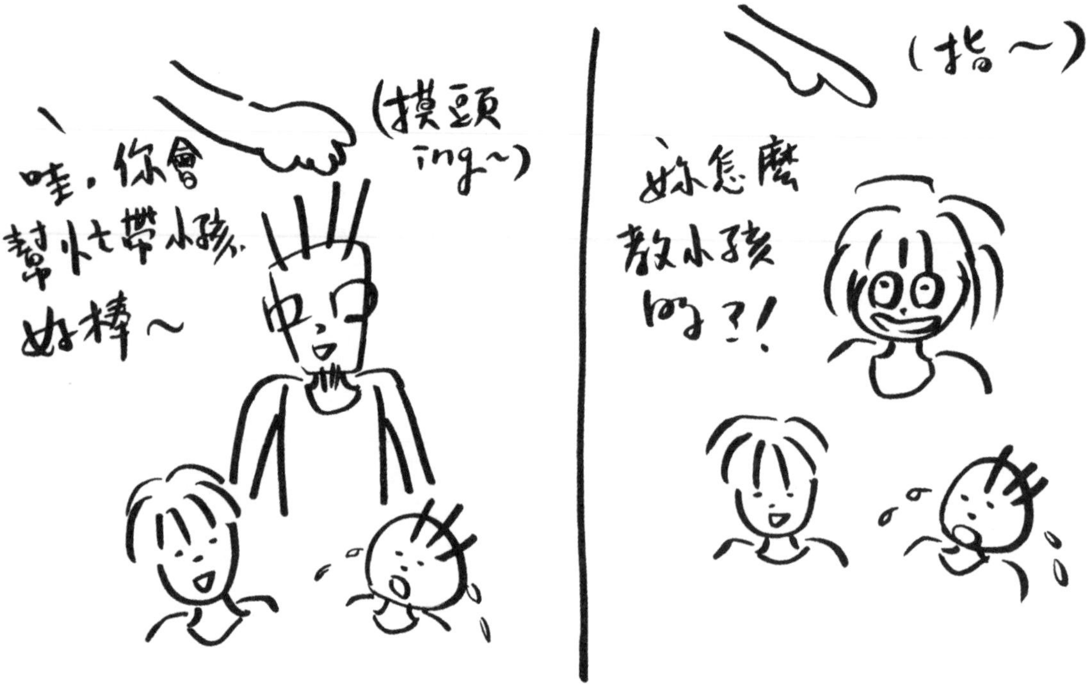
哇，你會幫忙帶小孩，好棒～
(摸頭ing～)
(指～)
妳怎麼教小孩的?!

# 爸爸在哪裡？

和媽媽獲得的鎂光燈比起來，爸爸在社會中的育兒角色是隱性的。他們要不是沒在帶小孩、很少帶小孩（因為要工作，或者單純覺得這不是他的事），就是有在帶小孩，然後被人誇新好男人、暖爸、好棒棒。他們「有在帶小孩」這件事本身就是一種免死金牌，你不能批評或抱怨他們做不好，因為「他們肯帶已經很好了。」「他們又沒學過，要用鼓勵的他們才會繼續做。」（我也好希望有人對我說這兩句話喔）悲哀的是，連媽媽（包括我）也會說出「他們肯帶已經很好了。」因為，嗯，要退一步海闊天空，不然會被心中的淚水鹹死（媽媽心中的淚水，可曬出一座七股鹽山）。

但是，搞不好爸爸心中也有很多淚水？搞不好爸爸也不喜歡這種「男人去打拼女人帶小孩」的刻板模式，搞不好他也會受到歧視和批評（「你不會帶啦！」「這小孩的媽在哪？」）。只是，在傳統的性別框架下，爸爸的困境比較少被看到、討論、訴說。

就讓我們多看見育兒的爸爸（不管正面或負面價值都要看喔），就讓爸爸多帶小孩（不只是出一張嘴，要真的去做），也許這樣媽媽的壓力會小一點，受到的關注目光會少一點。

46

# 帶小孩出門的阻力

在家帶小孩累，聽旁人指點累，出門也不輕鬆。騎樓高高低低，人行道上（如果還有人行道的話，很多地方只有車道）不知為何停了車，公車開太快，路上汽機車太多，要去的地方（如超市）沒坡道，娃娃車只能用抬的……這些，都是爸媽帶小孩出門的阻力。

也許有人會覺得：窮則變，變則通，不方便推娃娃車，就用揹巾和揹帶啊！可是，用揹巾和揹帶肩膀和腰背容易痠痛，通常我除了背小孩還要背媽媽包、自己的背包，搞不好還有購物袋，行動置物架（推車）畢竟好過人體置物架。此外，這樣的騎樓和人行道，輪椅也很難通過。一個良好的行走環境，不應該只考慮到青壯人士的便利，也應該考慮到小孩、老人和身障人士的需求。一想到以後我們要面臨的是超高齡社會，現在真的應該好好規劃城市空間和大眾運輸系統啊！

有小孩後，
文明就是有尿布台
和兒童廁所的地方。

## 當媽後發現廁所很重要

俗話說，吃飯皇帝大。有小孩後，我覺得拉屎也皇帝大，不過帶小孩出門上廁所，不是在每個地方都那麼方便，因為不是每個地方都有廁所，有廁所也不一定會有尿布台／兒童馬桶／兒童洗手台……小孩還小時，即使沒有尿布台，也可以在推車上幫他換（但要在別人看不到的地方，免得被罵或被拍照）。小孩可以自己上廁所，但又沒有兒童馬桶可用只好用大人馬桶時，真的很像一個小矮人去上巨人國的廁所。要讓身體不碰到馬桶，尿液又不會灑到馬桶座或地上，絕對要武功高強。我們家小孩都是男生，比較方便，我無法想像如果我生的是女兒，要怎麼教她們上廁所。

# 最擔心小孩吵到別人

爸媽帶小孩出門，最擔心的事情之一，應該就是怕小孩會吵到別人。當然也有那種視旁人為無物，放任小孩把公共空間當 KTV 或遊樂場的父母，那種人我也很討厭，但我想大部分的父母都會努力盡量讓小孩不要吵到別人。

說是盡量，就表示「不可能百分之百」。小孩總是會哭，會笑，會尖叫，會講話比較大聲。不知為何，現代人對小孩發出的噪音忍受度好像頗低（也許以前小孩比較乖？或父母比較會哄小孩／叫小孩閉嘴？），有時我帶小孩出去，明明他沒哭也沒叫，只是比較大聲地說：「媽媽你看窗外！」就有人一直回頭看我。網路上也三不五時可以看到有人抱怨小孩吵，罵父母「不能讓他安靜就不要帶出來啊！」但是為什麼當大人扯開嗓門講手機，就沒人吭聲了呢？

如果可以，我也希望他們安靜，我也需要耳根清靜，就像所有人一樣。為了社會和諧著想，小孩如果在外面哭，我會拼命和小孩說話，安撫他或轉移他的注意力（「你看，窗外有鳥耶，牠在飛耶。」），或大聲說：「我們馬上就下車了！」（說給別人聽）若在餐廳就給他看 Youtube（然後可能又會有人搖頭嘆息，這媽媽怎麼用 3C 育兒）。

# 為什麼看到可愛小孩就想捏一把？

剛從波蘭搬回台灣時，很不習慣許多人看到小孩可愛就想捏一把。
（他們都不怕細菌傳來傳去嗎？）有時候，會有人想和小孩拍照，
因為他們很可愛。被拒絕後，還驚訝地反問：「為什麼不能拍？」
有些人則是會講一些有的沒的，比如：「這是你弟弟喔？喔，你一
定會欺負弟弟，因為哥哥都會欺負弟弟！」

這些事一開始讓我很困擾。在台灣住了三年，我的心態有些改變了，
我覺得大部分人沒有惡意，只是很多人不知道如何和小孩互動，只
好用裝可愛或裝熟來搏感情。如果沒有太過分，小孩也沒有不舒服
的感覺，我就會笑一笑讓它過去，但如果太過分或小孩會不舒服，
我就會出手制止或把小孩帶開。

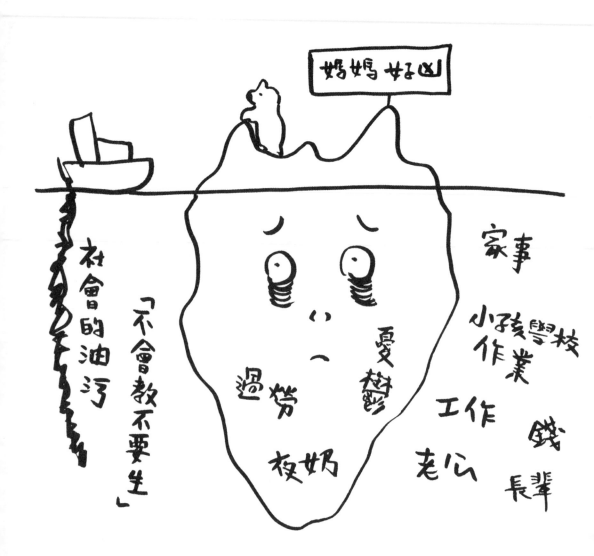

54

# 心中的冰山

看到這裡，大家應該可以明白當媽的壓力吧（媽媽一定懂！）。媳婦燈塔宅女小紅說：「每個人心中，都有一座垃圾山。」我覺得，除了垃圾山，每個人心中也都有一座冰山。媽媽有媽媽的冰山，爸爸有爸爸的冰山，小孩有小孩的冰山，整個社會也有整個社會的冰山。很多事不只是表面上呈現出來的那麼簡單，要解決問題，也不能頭痛醫頭，腳痛醫腳。但是，很多人還是寧願看到表面，把問題丟給媽媽，因為這樣最快最方便了。

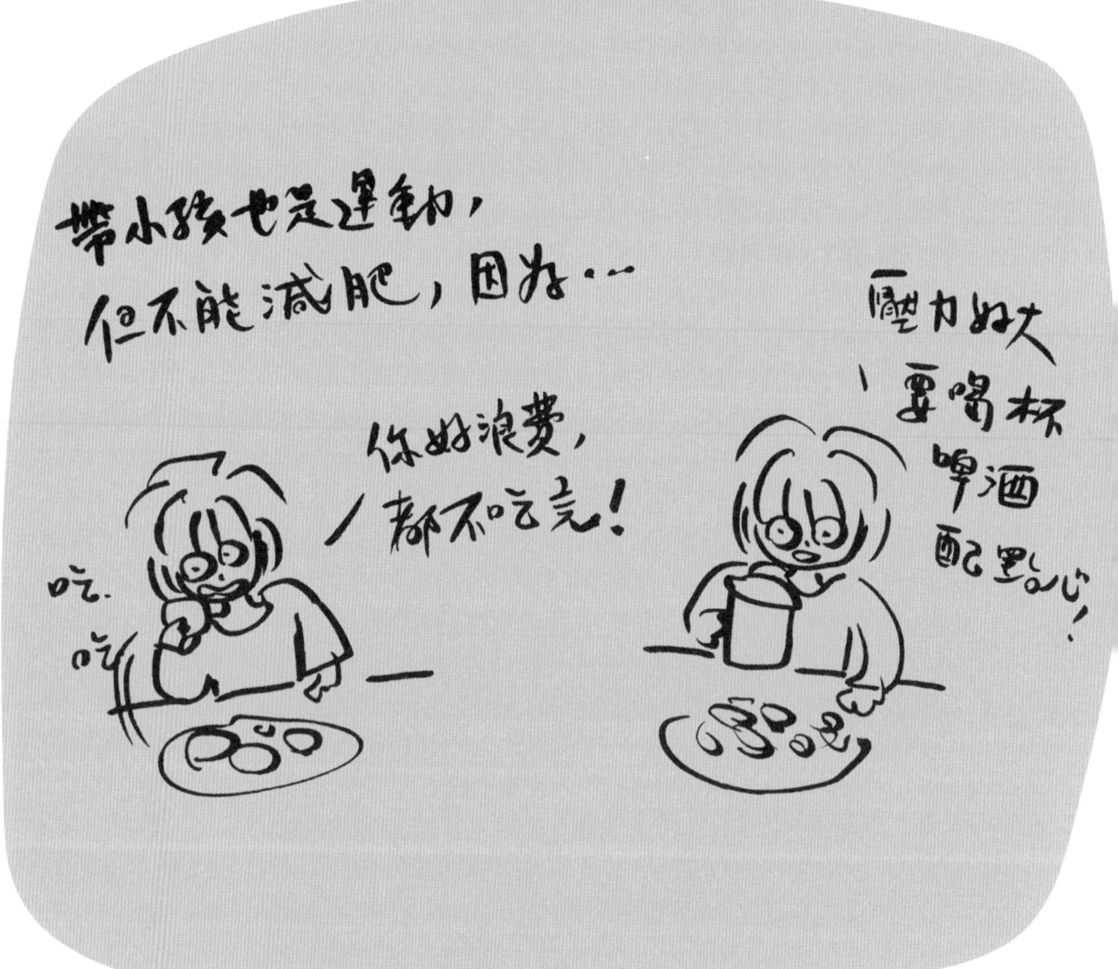
帶小孩也是運動，
但不能減肥，因為…
你好浪費，
都不吃完！
吃.
吃
壓力好大
，要喝杯
啤酒
配點心！

## 變成熱壓吐司只好怒吃吐司

為人母、為人妻的身心壓力都很大，然後又加上工作壓力，那簡直像是被熱壓吐司機從上下雙重夾殺。和許多人一樣，我也會用大吃大喝來紓壓，尤其熬夜趕稿肚子餓，就會往嘴裡塞餅乾吐司……難怪體重一直降不下來。

# 解憂靠杜康，解酒靠減胖

壓力大的時候，也會喝酒放鬆心情。偶爾小酌還可以，但如果常常喝，喝成習慣，就有上癮的危險了。有一陣子，我育兒壓力很大，幾乎天天晚上都要喝一罐啤酒，沒喝還會焦慮易怒。那時候，心中就響起嗚咿嗚咿的警訊，也想起在網路上看過的，媽媽因為壓力大而酗酒的故事，於是趕快停了。後來因為要減肥，就減少飲酒，去超商看到啤酒就會提醒自己想想肥肉、打消念頭，還蠻有效的（但不是每次啦！）。

新手媽媽

好可愛！
我要為你當
一個好媽媽～
一起努力吧！

老手媽媽

少煩我，我要安靜5分鐘.

Ma～

媽～

今天吃什麼？

60

# 育兒發現自己的不完美

當媽這麼多年了，回想當初對媽媽這個角色的願景，對照現在的自己，不禁想吶喊：「泡麵的內容物和照片上的不符！」我明明想要成為一個溫柔同理的好媽媽，不讓小孩經歷到我童年受的傷，怎麼反其道而行呢？難道，就像希臘悲劇中伊底帕斯王的爸爸害怕被兒子殺死於是把他丟掉，最後反而陰錯陽差被不認識他的兒子殺死，我期許自己是個好媽媽，反而會讓自己不好？

或許是，我一開始對自己的期待太高了。許多包括我在內的媽媽一開始都會期待很高，覺得自己可以變身為神力女超人，但最後，都會發現我們只是個平凡的媽媽，會哭會笑會生氣，偶爾想什麼人都不理，偶爾會失控崩潰。

育兒讓我發現自己的不完美，於是也能對父母的不完美釋懷了。

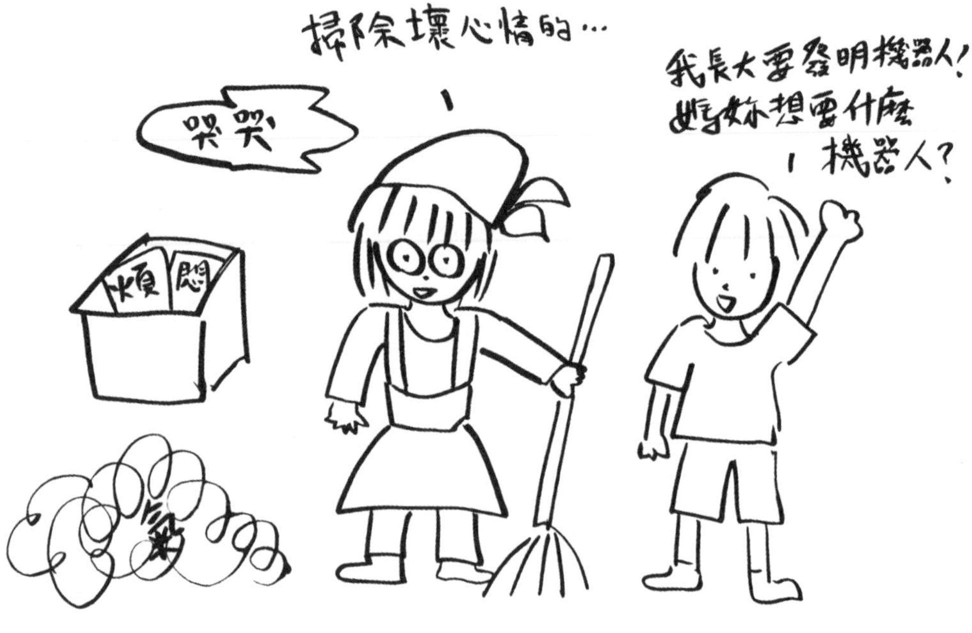
掃除壞心情的…
哭哭
煩
悶
我長大要發明機器人!
媽妳想要什麼
機器人?

## 壓力斷捨離

雖然育兒讓我和父母和解了，但這不代表，我的小孩長大後就要和我和解啊！而且，與其等到那時候遍體鱗傷後再來和解，不如現在好好相處吧。我發現，只要我吃飽睡飽少憂少慮壓力降低，就可以和小孩好好相處。這就像是，如果努力掃除過敏原，小孩就不會過敏那麼嚴重。（但不要妄想完全不會吵架或完全不會過敏）所以，外在環境和內在心情，都要三不五時好好大掃除一下啊！

節好減怨
救家庭

# 節好減怨

要怎麼掃除心裡的灰塵？我的辦法是「節好減怨」。「節好」的意思不是「不要對小孩好」，而是減少一些勉強、「我在為你好欸」的好，就可以少掉許多「我對你這麼好你怎麼不領情」的怨。某個夏日，我買了西瓜，滿心期待小孩會高興，想討拍於是隨口說了句：「西瓜好重，媽媽拿得好辛苦喔！」他說：「ㄏㄚˊ？一點都不重啊！」我立馬火大罵人：「那你來拿拿看啊！拿拿看就知道重不重！」還把他罵哭了，結果我們兩個都高興不起來。如果換個方式，因為「我想吃西瓜所以買西瓜」，似乎會甘願一點。

聽起來，「節好減怨」和「愛自己」很像？嗯，確實是，但我比較喜歡「節好減怨」這個說法。「愛自己」讓我有壓力，彷彿一切不順，甚至是別人造成的不順，都是因為我不夠愛自己。加法的人生過久了很難過，現在還是讓我過減法的人生吧。

養貓叫貓奴吸貓

吸~

(怎麼有點
可怕?)

養小孩叫媽媽吸孩.

# 吸小孩就像吸貓

除了「節好減怨」，享受日常生活中看似微小、但其實偉大的幸福也很重要。這就像是儲蓄，即使是小零錢，也可以積少成多，當有風颱（情緒爆發）來的時候，這些幸福感可以化為膠帶手電筒泡麵幫助我度過風災。

對我來說最幸福的事是什麼呢？就是每天早上起來，可以看到小孩，而且他們都好好地活著。煩悶憂傷的時候，和小孩玩一玩，把他們抓過來吸一下他們頭毛的味道，就像貓奴吸貓一樣療癒。

# 適時為自己加油打氣

珍惜幸福的同時，媽媽也要適時地給自己加油打氣，欣賞自己為孩子做的小事，比如做點心給他們吃、帶他們出去玩、一起去看電影。有一年我去台灣國際兒童影展主持座談，來自印度的導演 Tahira Kashyap，看到台灣的父母在兒童節一早就帶著小孩去看電影，她覺得好感動，說：「今天是國定假日，爸媽沒在家補眠，沒去看大人的電影，而是花錢買票帶小孩來看電影，這超棒的，在印度爸媽不會這麼做，而且也沒有這麼受歡迎的兒童電影節。」

聽到她的話，我立馬哭了出來。平常，台灣的媽媽太常聽到：「妳應該……」「妳本來就要……」「這是媽媽的職責……」於是把「帶小孩看電影、好好教育小孩、陪伴小孩成長」當成理所當然，卻沒注意到，這其實是一件了不起的事啊。

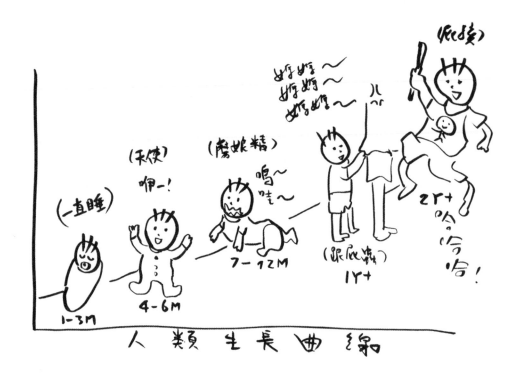

人 類 生 長 曲 線

## 沒有餘裕，享受就成了折磨

看到小孩每天都在成長，也是很振奮人心的事，大概就像小時候種豆子，看到豆子從發芽到越長越高，那樣的喜悅吧。小孩小的時候，我為他第一次抬頭、第一次坐起來、第一次走一步而開心，小孩大一點後，則為他會自己做積木樂高、看百科全書然後和我討論、和我一起在旅途中靜靜看書而開心。甚至，看到小孩越來越皮、越來越叛逆，也是另一種開心，因為那表示他開始脫離我的羽翼，開始有主見。

親子一場，說穿了就是陪伴。有餘裕的時候，我是享受這樣的陪伴的，但在沒有餘裕的時候，享受就成了折磨，所以重點是要有餘裕。

☆ ☆ ☆ ☆

☆

五星級小旅行

只要自助就是五星

# 一個人就是五星

幸好，餘裕可以自己創造。通常我不需要大片的時間來放空，只需要三不五時小小充電一下，就能回去應付繁忙的生活。這充電可以是：自己去超市或菜市場買東西，自己去吃自助餐或豆花，自己去郵局寄信。看似平凡無奇，但對媽媽來說可是得來不易啊！

有一次，我老公回波蘭三週，留我一個人一打二。他回台灣後，我送給了自己一趟五星級小旅行。那天我的行程規劃是這樣的：早上，出門坐公車去看病，在公車上欣賞窗外的台灣欒樹，走去診所的路上吃韭黃鮮肉餅，喝酸梅湯。坐在診間等候時打開電腦看稿，和旁邊的人聊天。看完病去出版社談公事，邊談邊吃編輯請我的芒果乾。談完公事在路上吃了刈包，坐公車回家。回家發現老公小孩都在睡，於是上網。整套行程感想：低調奢華，CP 值破表，一個人就是五星。

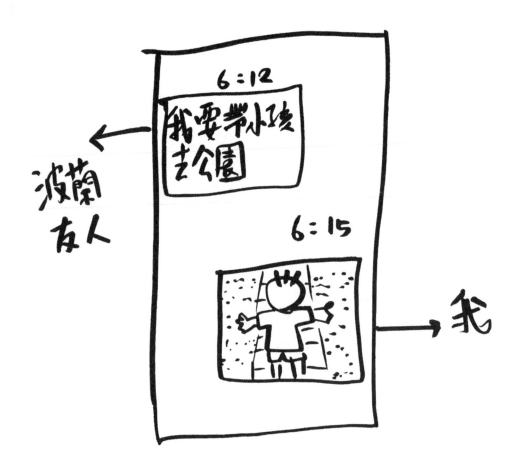

6:12

我要帶小孩
去公園

波蘭
友人

6:15

我

# 不管在世界的哪個角落，媽媽都在帶小孩

當媽總是有苦有甜。苦悶的時候，有朋友能互吐苦水、互相安慰，甚至只是看到對方在受苦然後想：「不是只有我過得很糟。」也非常療癒。所以，這是為什麼我喜歡畫憤世媽媽，因為每次發文就會有一堆媽媽跑來心有戚戚焉，感覺像在某種互助團體。

感謝科技的進步，我不只可以和台灣的媽媽互相討拍取暖，還能和國際接軌。有一次，我的波蘭友人和我用 Messenger 聊天時，說她等下要帶小孩去公園。我哈哈大笑，傳了一張我正在公園帶小孩的照片給她。不管在世界的哪個角落，媽媽都在帶小孩，這該令人欣慰，還是有種淡淡的哀傷呢？

阿久哥 有數 饅 頭的日子
媽 媽 有數 小 孩 生日蠟 燭的日子

自由選好久…

不可能啦,我娘那
麼大選 甜
置罩 我!

悽世婆婆
(我娘)

# 母親這條天堂路，只能一路爬過去至死方休

育兒之路迢迢，真的需要很大的耐心、愛心、毅力，他人的善意和上天的庇佑才能走完。卡關時我會想：等小孩斷奶就好了，等小孩會講話就好了，等小孩上學就好了，等小孩自立離家就好了……但是回頭一看，已經三十七歲的我，還是常常在麻煩我媽媽，而她也或多或少依然在擔心、關心我。

母親這條天堂路，大概真的就是一路爬過去，至死方休吧。

放下，是為了下一次的崩潰.

# 休息是為了下一次的崩潰

既然這麼辛苦又漫長，所以啊，能休息的時候就要休息。崩潰、犯錯了，也不用花太多時間自責懊悔，因為自責懊悔老實說沒什麼用，與其花時間在這上頭，不如去改變。而且，還沒檢討完，下一次的崩潰和錯誤馬上來勢洶洶，就像小孩「媽媽！媽媽！媽媽！」的呼喚啊。

# PART ②

## 婚姻是愛情的陰宅

不要吅我加油了！
我加夠多了！
還是95無鉛的呢！

婚前

婚後

就像男人喜歡聊當兵，女人喜歡聊生產，人妻也有一個共同、歷久彌新的話題，就是罵老公。不管是哪一型的網紅，只要數落老公的諸多缺點就可以得到一片按讚，當然罵過頭了也會反過來被罵。也有人走不同路線：溫柔同理地講老公的缺點，然後再同樣溫柔同理地說自己不應該等人來照顧，而是要降低標準，獨立自主不用老公協助，退一步海闊天空……這也有很多人按讚，我有時也喜歡看，但不禁疑惑：「這樣好像在對小孩而不是老公？」

不管是進是退，是抱怨還是精神喊話，有一件事是肯定的：婚姻也是一條天堂路，和育兒之路有得拼。我結婚後，完全同意婚姻是愛情的墳墓。愛情這種輕飄飄的東西是不屬於世間的，當它走入柴米油鹽，激情就變成餘燼，情話變成狠話，含情脈脈的雙眼變成白眼。未婚時老公的手放到我手上我還會心跳加速，現在我多半會說：「你要幹嘛？」或「我手在滑鼠上，不要來碰。」只有偶爾有餘裕時，才能享受牽手的浪漫。

但，這似乎也沒那麼不好。畢竟每天心跳加速，心臟應該很快會停止跳動。與其用墳墓比喻，我覺得更好的說法是：婚姻是愛情的陰宅。墳墓入土為安，沒啥動靜，頂多掃墓，但是陰宅蓋得好，可以發揮庇佑的功能。所以，我在愛情陰宅裡的抱怨，大概也可當作是對婚姻的誦經祈福吧？

30年前（課本）

30年後（現實）

# 婚姻的七大不思議

婚姻中有無數光怪陸離、匪夷所思的事，在此列舉七件我認為最不可思議的，簡稱「婚姻的七大不思議」。第一不思議是：「我怎麼會在這裡？我怎麼走到這一步的？」為什麼，我們小時候被教導男女平等，女人也可以追逐夢想不用為家庭犧牲，男人也應該做家事帶小孩……但為什麼，當我們真正走入家庭，卻活得如此刻板，就像三十年前的小學課本：「爸爸早起看書報，媽媽早起忙打掃？」（後來為了改變性別偏見，改成做早操）

不過話說回來，三十年後，小學課本中還是可以見到「哥哥餓了，弟弟尿了，妹妹哭了，爸爸急了，媽媽說：『來了！來了！』大家都笑了。」或許，我們的社會沒有想像中進步，而我們小時候接受的刻板印象遠比想像中根深蒂固吧！

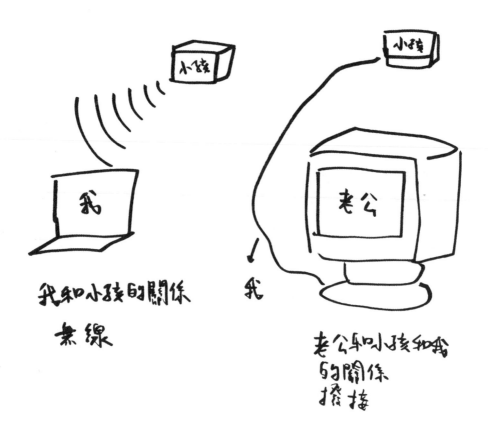

我和小孩的關係

無線

我

老公和小孩和我
的關係
插接

# 不叫，老公就不會動

說老公完全不帶小孩，好像不太公平。畢竟，我不在家時他會帶小孩，我叫他時他會去帶小孩，沒在看電腦時他也會去帶小孩。但是，若我沒叫他，或他在忙（比如說看電腦），他就不會帶小孩，任憑小孩在旁邊來來去去大吼大叫把家掀翻而我忙東忙西焦頭爛額，他就是不會動。

每次我罵他，他就會反駁：「妳需要幫忙妳要說啊。」（聽到這句更火大，帶小孩不也是你的事嗎？還「幫忙」咧？）為何他不能自己注意到現在應該要做什麼，都要人提醒？（婚姻的七大不思議之二）但，好像我們的「育兒雷達」就是不同，我是全自動感應的wifi，而他則要手動撥接。

# 為什麼我講話沒人聽？

婚姻的七大不思議之三：「為什麼我講話沒人聽？為什麼我叫老公去做事，他會拖拖拉拉，好像講三次才會聽到？」不誇張，有時我和老公講話，他要三到五秒或以上才會有反應，讓我不禁懷疑他是恐龍，尾巴受傷很久才會覺得痛。怕他沒聽到，我還會大聲問：「你聽到沒？你聽到沒？你聽到沒？」很神奇，這句馬上就聽到了，有時還會不耐煩地吼回來：「聽到了！不要吵我！」

我一直在洗啊！

你什麼時候要把碗洗完？

那就是沒洗完的意思，你已經洗了一整天了。

# 叫老公做事，總是拖拖拉拉

婚姻的七大不思議之四：好不容易聽到了，要去做事了，老公卻會拖拖拉拉。人家是摸蜊仔兼洗褲，我老公是打漁兼曬網。他洗碗或曬衣服要花很久，因為洗一洗曬一曬就會去看新聞、寫詩、吃東西、洗澡……很像那些不想寫論文於是去打掃的大學生。這在我眼中很不可思議，因為我可以邊洗碗邊煮飯邊管小孩邊看書或滑臉書。他是不是覺得慢慢做，就可以做比較少呢？唉，這樣想好像太小人之心了，也許他就是沒辦法（真的沒辦法？還是沒必要？）像我一樣一心多用吧。

# 哄小孩睡，老公自己卻先睡著

婚姻的七大不思議之五：雖然我覺得老公做的事並不多，但不知為何，他很快就會累，常常需要「躺一下」。綜觀網海，好像不只我的老公會如此……許多人的老公都是臥佛，或是種在沙發或床上的植物。哄小孩睡一睡，他自己就先睡著了，完全實踐身教。每次我在旁邊忙，看到他在睡，就很想把他踹起來或被子掀掉，但這樣他又會有起床氣，最後還是沒有去做事啊！

94

# 叫老公起床，是門深奧的學問

叫老公起床，是一門深奧的學問，比叫小孩起床還深奧。每次叫老公起來，我都要在他「應該起床時間」的一小時到一個半小時之前，開始說：「老公，現在已經 X 點 X 分了，你要不要慢慢起來了？」

我自己也覺得這樣好卑微啊，但這是在爭吵不斷的慘痛教訓後得出的以退為進。他希望我可以漸進式地（就是有貪睡功能）、溫柔地叫他起來，不然一早就讓他心情不好，一整天都毀了（他毀了我也毀了）。

可是溫柔很難，又溫柔又有力更難。通常叫到三遍我就會失去耐心，叫到四五遍沒反應又聽到：「我已經要起來了。」我就會抓狂。不用說，每次出門或趕火車趕飛機，都是折磨，至於收行李，那又是另一層地獄了。

## 老公容易生病

七大不思議之六是：老公經常生病。很奇怪，我這麼操勞，卻頭好
壯壯，生病了也很快會好，還可以帶小孩（是說，我也沒有別的選
擇）。老公卻三不五時腰痠背痛，還會連帶影響到心情（只要他腰
痠背痛，我就會很緊張，因為一不小心就會吵架），如果小孩感冒，
他也一定會中箭倒地，躺在床上很久起不來。

人人都有生病的權利，只是他一生病，我的工作量就加倍（對，媽
媽生病還是要帶小孩）。如果全家一起生病兩三個星期（有小孩的
家庭生病永遠是買小送大、買一送多，細菌病毒可以回收再利用，
不斷循環），那真的很令人厭世。

# 我在這裡，不代表我在這裡

抱怨歸抱怨，氣歸氣，叫不起來也真的沒辦法，只好接受「老公只有在醒著時／狀況好時」才能帶小孩，後來又加了一個：「只有在沒在做別的事時。」

有一次老公整理東西，小孩就在他旁邊，我則在流理台忙。小孩從兒童椅上爬出去摔下去，痛得大哭。我火大地對他說：「你為什麼不管一下啊？」他則說出了他的年度金句：「我在這裡，不代表我在這裡。」這比法國哲學家笛卡兒的「我思故我在」還厲害，是「我在故我不在」耶（婚姻的第七大不思議）。

憤世媽媽 Cynical mom **99**

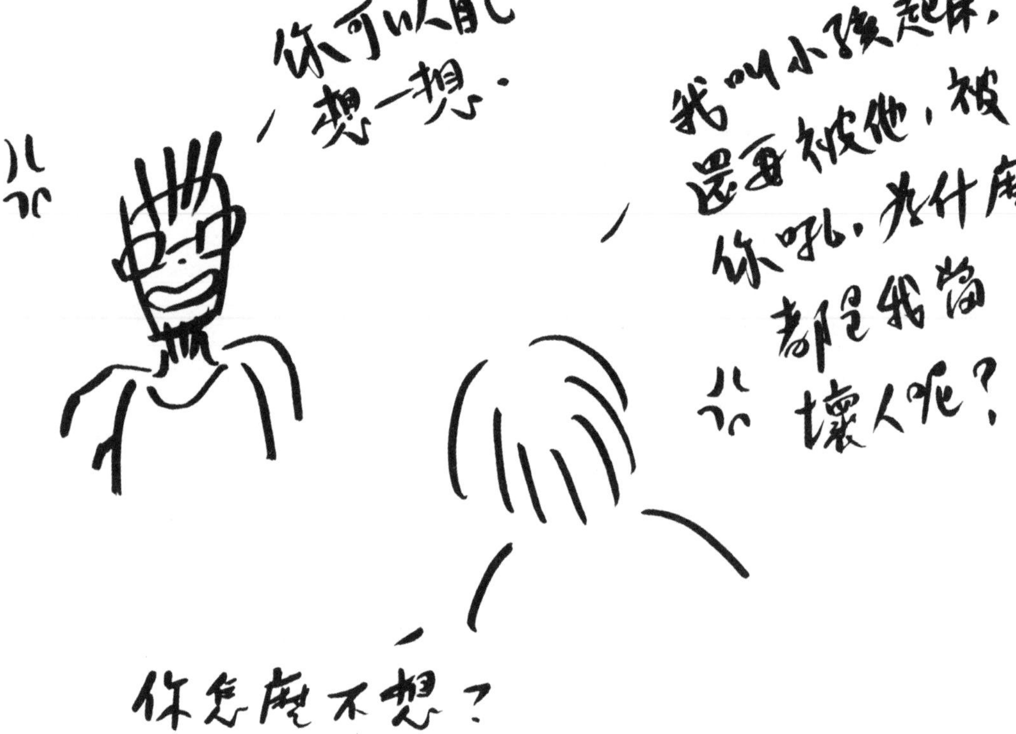
你可以自己想一想。
我叫小孩起床，還要被他，被你吼，為什麼都是我當壞人呢？
你怎麼不想？

# 老公也有老公的委屈

看到這裡應該不難猜到，我和老公經常吵架。我覺得他管小孩太少，他覺得我管小孩和管他太多。他覺得他都有在做事，我覺得他做太少、不負責任。我要做的事好多，經常感覺孤立無援，然後生氣就去罵他。他覺得如果我需要他支援就應該好好跟他說，如果沒說就是不需要。站在我的立場，我很委屈，站在他的立場，他也很委屈。

# 休息時間要用搶的

我想我們都沒錯，錯的是永遠做不完的事和太少的時間（事情和時間：怪我囉？）。它把我們壓得無法喘息，休息時間都要用搶的，沒搶到就會怨恨。但有什麼辦法？這個體制是我們創造的，我們也都是它的一部分，雖然它有時候很討厭，但大部分時候還是蠻可愛的啊。所以，既然不能／不想離開，就想想怎麼讓它更好吧。

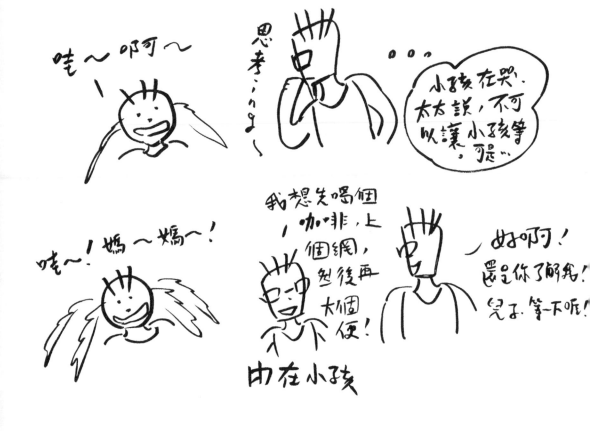

# 接受老公真實的樣貌

所以我退讓了（沒有退一步海闊天空，只是進一步清水斷崖，只好往後退），試著接受老公真實的樣貌，而不是我希望他變成的樣子（因為也沒有別的辦法）。我老公是個很愛自己的人，凡事把自己放在第一位，先照顧好自己的需求，再去照顧小孩的需求（就像飛機安全宣導影片上說的：先戴上氧氣面罩，再協助小孩戴上面罩）。當我罵他不負責任、不管小孩，他就會說：「如果我餓得沒力氣，我要怎麼照顧小孩？如果我還沒醒來，我要怎麼照顧小孩？所以我要先吃早餐喝咖啡啊。」

出門騎腳踏車，
帶相機去拍照。

出門去演講，
再去順便
理髮、針灸、
買菜、買小孩
的衣服、
買乳液、
寄信……

# 出門一次就想要做一堆事

我們最大的不同，就是我把責任放在自我之前，而我老公則相反。只要看看我們出門的方式，差異就很明顯了。他常常要出門散步散心，出去只為做一兩件事（抽菸出去一次，倒垃圾出去一次，買菜的話，去兩家不同的商店也要分兩次去，雖然離得很近）。我就不同了，除了趕稿我很少獨自出門長時間放空，一出門就會想要一次做一堆事，還會規劃路線讓事情可以進行得行雲流水以免浪費時間，結果搞得自己好累啊。

媽媽在家，
就得帶小孩，
不想帶小孩，
又有出門或上班。

## ‧ ‧ ‧ ‧
# 只要我在家老公就不會主動帶小孩

俗話說置之死地而後生，有時候絕望到了谷底，就會發現希望。當我終於接受「只要我在家老公就是不會主動帶小孩」，就發現這個問題唯一的解決之道就是趕快排除萬難出門去，不要再嘗試對老公循循善誘或威脅利誘，因為那是沒用的。

我出門會有罪惡感（尤其當小孩在那邊哭著叫媽媽），而且也沒辦法太頻繁叫老公帶小孩（他也要做自己啊），所以通常我都很節制，趁工作時在外面吃個飯放空，久久自己去看場電影、聽場講座，甚至去一趟小旅行（當媽八年後才開始）。放小孩在家，當然會擔心和思念，但是為了讓媽媽能永續運作，偶爾離家是必要的。

我和小孩相處很妳，
因為我對他們比較
有耐心～

ㄉ
ㄉ
♫
ㄉ 唉～

等你陪他們的
時間超過我的三分之一
我們再來討論這個問題．

110

# 學會微笑地收拾殘局

既然要出門，就要暫時放下家中的一切，這包括不要去管老公對小孩的教養方式。要學會，回家看到廚房杯盤狼藉、地上灑滿玩具、哥哥說：「都我在照顧弟弟。」老公躺在沙發上不省人事……不要發火罵人，而是要微笑地去收拾殘局（海闊天空、海闊天空）。如果老公和小孩相處愉快，開心地報告他們今天做了什麼、吃了什麼，小孩有多獨立自主（這是真的，因為沒有媽媽可以撒嬌），要給他大力鼓掌。面對老公，北風和太陽，還是選擇太陽比較好。有成就感，他才會繼續帶小孩啊。

# 去家具店買東西當成約會

雖然夫妻兩人一起出門有難度（因為要請媽媽幫忙帶小孩，也不好意思常常拜託她），但偶爾還是要一起出去，維持感情。如果婚姻是愛情的陰宅，兩人單獨出門就像是燒紙錢吧。老大剛出生時，我們還會去泡溫泉，但現在沒那麼多閒情逸致，所以就把出門工作然後去夜市吃東西，或者去家具店買東西也當成約會，畢竟「無魚，蝦也好」。

世界上最美的風景
是早上起來看到
碗已經洗好。

世界上最好吃的食物
是別人煮的食物.

讚!
希望每天
/如此…

不賴吧!-

# 只要阿 Q 就有小確幸

標準放低後，人真的變得很容易滿足（難怪大家都要退一步海闊天空，因為進一步又不墜崖實在太難了）。放棄了「老公應該要洗碗、老公應該要做飯、老公早上要起來帶小孩」的執念，看到他偶爾做一次飯、有時候洗個碗、出乎意料早起一次，就會好開心啊覺得我真是嫁了個好老公。我知道這很阿 Q，但人總是需要一些苦中作樂的小確幸啊。

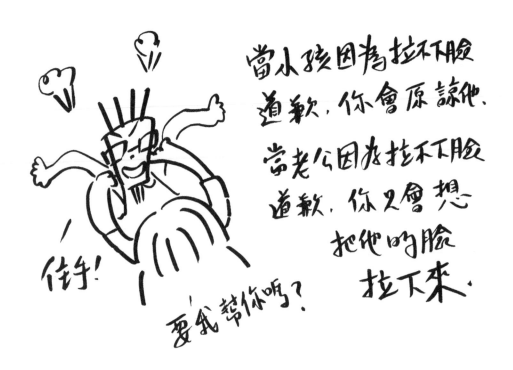

當小孩因為拉不下臉
道歉，你會原諒他．

當老公因為拉不下臉
道歉，你又會想
把他的臉
拉下來．

咔!

要我幫你嗎?

# 吵架後的 SOP

不過，海闊天空後，不代表不會突然有海嘯或雷雨。我們還是會吵架，而且很久沒吵架，隨時如履薄冰、提心吊膽想著「什麼時候會吵架？」就更容易擦槍走火。吵了十年的架後，我現在覺得：與其避免吵架，不如想想吵架後的 SOP 是什麼（如果可以，我還真想弄個吵架的防災演習）。

這些年來我吵出的心得是：要把別人的憤怒和我的憤怒分開。不要因為老公在暴走，就覺得是我的錯，然後為了先發制人就去對他生氣，這根本是提油救火（但放下很難啦，所以要常念「干我屁事干我屁事干我屁事」）。另外，無論誰對誰錯，無論事情大小（多半是雞毛蒜皮的小事如櫃子要買幾公分還有要放哪裡，這就是婚姻），吵完一定要好好坐下來談，不然問題是不會解決的，沒解決就會再吵。因為老公比較愛面子，所以通常先道歉、提出要好好談一談的是我，即使錯的人不一定是我。以前我過不去這個門檻，覺得不是我的錯為什麼我要道歉？但如果不道歉，不說「對不起我對你大吼」對話就沒辦法開始，所以即使心裡很幹，還是要說出那句「芝麻開門」。久而久之，老公也學會（在心情好時）道歉了。

# 婚姻就是互相傷害

雖然書上都說夫妻應該好好相處，這樣才不會遍體鱗傷，如果有小孩，才不會把傷害留給下一代……但我覺得，在現實生活中沒有傷害是不可能的，即使大家都充滿善意並且盡了最大的努力。因為，現實生活就是一部沒有散場時間的恐怖片啊。

我對婚姻的理解是：婚姻就是互相傷害。當然，只有傷害，關係是無法持續的。能夠走下去的關係，就是在互相傷害之外，還有互相扶持／療癒，柴米油鹽等現實考量，習慣，在吵架後坐下來談判的能力，以及一些名為愛的東西。

# PART ③

## 家事不是病，做起來要人命

我討厭家事

有些人喜歡做家事，而且很會做家事，可以把家打掃得一塵不染，煮菜又快又好吃（而且還知道怎麼買菜才不會買貴又浪費！），還很會收納。有人壓力大就去做家事，對他們來說是一種療癒和放鬆。

我討厭做家事，它對我來說是一種純粹浪費時間的折磨，我想家事也討厭我，所以故意刁難，不管我怎麼努力都做不好。我掃過的地還是看得到灰塵毛髮，我擦過的流理台水龍頭永遠不可能光可鑑人，我煮出來的飯水準忽高忽低，有時被全家人讚美，有時沒人想動筷（除了我和老公，因為不得不吃）。

能不做家事我就不做家事，但身為家庭主婦，沒辦法完全不做家事。每天我都要去面對鍋碗瓢盆灰塵地板洗手台和各種髒污異味，彷彿林正英飾演的道長去斬妖除魔。然後，就像恐怖片中的殭屍，這些家事也會在我打倒它們後又借屍還魂，一天數次，群魔亂舞，讓我疲於奔命。

為了紀念這些和家事的纏鬥，也向這些可惡又可敬的對手致敬，特地在此畫下家事妖怪群像。

別管富江了
你聽說過「碗江」嗎？

絕技：無限增生
死去活來

家事怪談

# 家有碗江

日本恐怖漫畫家伊藤潤二有一部經典名作叫《富江》。主角是個叫富江的美少女，每個人看到她就會愛上她、想要殺死她。在每個短篇中富江都會慘死，然後富江的每一塊都會化為一個新的富江……我家沒有富江，但是有碗江。顧名思義，碗江就是鍋碗瓢盆化成的，每次我把它們洗完，從水槽驅之瀝水架，它們沒多久又會有如鮭魚返鄉，游回水槽，一天至少三次。

不是沒想過買洗碗機，但還是有經濟、空間和是否實用的考量。根據我以前的使用經驗，有了洗碗機，碗江霸佔水槽的機率更高，時間更長（因為就會想，堆到晚上再洗就好了），一不注意就真的氾濫成災了。

灰塵雪女
(別名：PM2.5)

# 灰塵雪女

另外一個也很會增生的是灰塵雪女。和碗江大張旗鼓地侵門踏戶不同，灰塵雪女十分低調，雖然採人海戰術，但來的時候沒有一點聲息，一開始也看不到。在你發現之前，它們早已在門後、床底、櫃子、書架、電線上聚集，還會手牽手連成一絲、一條、一片。

平常灰塵雪女看不到，可以眼不見為淨。但自從發現小孩會過敏又愛爬床底，我就得三不五時出動剷雪車（吸塵器），讓灰塵雪女們移駕到集塵袋中去相親相愛了。

異味 怪

無所不在

無影 無蹤

## 異味怪

• • •

和灰塵雪女一樣，異味怪也看不到，但你無法忽視它的存在，因為它實在太難聞了。它最常出沒的地方是浴室馬桶、浴室排水孔、廚房水槽排水孔、不通風的房間、垃圾桶、廚餘桶⋯⋯有時也會出現在冰箱或家裡任何一個地方。它的氣味有時很好辨認，不是尿騷味就是腐爛食物的味道，但有時你說不上那是什麼味道，也不知道它來自哪裡，你甚至會懷疑，是不是你鼻子有問題？這是不是一種幻覺？

但不管是不是幻覺，它讓你暈眩想吐的煩躁感，是千真萬確的。

# 家中黑洞

很多人都覺得自己家裡有黑洞，什麼東西掉到那裡就會不見，我覺得我家也有一個（或多個）。我經常在找我的眼鏡，找我老公的手機，找我家老大的作業，找我家老二的玩具……雖然看似不是什麼大事，但要浪費時間找前一秒原本還在的東西，真的很煩！幸運的話，會有一個白洞把這些東西吐出來（但可能不是在原來的地方），或是突然有人想起這些東西沒有掉進黑洞，而是在某處。不幸的話，就很久或永遠都找不到。

玩具渦流

一小片的樂高

# 玩具渦流

說到白洞，我們家的白洞有點奇怪，不止會吐出消失在黑洞中的東西，也會把原本我收得好好的東西吐出來。我們的地板上經常橫陳著一片玩具渦流（就像太平洋上的垃圾渦流），讓我寸步難行，不小心還會踩到。這玩具渦流也像垃圾渦流一樣難清，好不容易清理、收好了，沒多久又會流得到處都是，所以也沒必要分類裝箱，因為不管你多努力分類，最後還是殊途同歸。

路障迷宮

## 路障迷宮

除了黑洞白洞，我們家還有一種奇異現象，叫做路障迷宮。路障迷宮的組成不一，有時是一堆紙箱，有時是行李箱，有時是一堆書、一堆袋子、一疊木片、一堆雜物……這些東西無家可歸，被移過來、移過去，所經之處都會創造出一個錯綜複雜的難走空間，有時候甚至只能側身通過。有一段期間，路障迷宮在我們家大肆擴張，我忍無可忍，叫老公把這些路障都收進自己房間（因為多半是他的東西）。現在，家裡可以走路了，但老公的房間依然無法進入（所以也無法整理）。

# 我推的不是沉重的石頭是衣服

家事最令人無法忍受的地方，在於它的重複性。玩具收了又會亂，碗洗了又會髒，衣服洗了曬了摺了沒兩天又需要洗曬摺（還好，我老公會洗曬，但他不會摺，總是把衣服倒成一堆，彷彿倒廢土）……永無止境，不禁讓人懷疑做這些到底是否有意義？（還是有的，因為不做馬上就沒衣服穿、沒碗用了）

希臘神話中有一個人叫薛西佛斯，被罰要每天要推大石上山，快推到山頂時石頭又會滾回原地，必須再推一次。我也經年累月在經歷這樣的神話，只不過我是西西芙絲，我推的不是沉重的石頭，是無足輕重的衣服。

## 被家事妖怪同化的妖怪

家事做久了，就會心浮氣躁、全身疲累、眼神空洞……最後就攤在床上或沙發上，變成一團軟趴趴的史萊姆，又累脾氣又差，什麼都不能做，也不想講話，無法陪小孩玩或念書給他們聽。對小孩來說，我可能也像個被家事妖怪同化的妖怪吧。

最喜歡家裡有客人來，因為那一天，家裡
會特別乾淨（我·老公·小孩會同心協力，把
混亂塞進客人看不到的地方去）。

# 看不慣的人去打掃

打掃這種事，就是看不慣的人在做。我覺得我已經很大而化之了，但沒想到我們家其他人比我更大而化之，所以掃的人通常是我。在經歷長年的委屈不滿和爭吵後，我「節好減怨」的打掃方針是：只掃公共空間和我房間（老公和老大的房間就留給他們自己解決），如果還可以走路或清出一條通道就不用掃。

有客人來的時候，全家都會為了做做樣子而同心協力打掃，但我們家很少有客人，因為我和老公常覺得家裡很髒，不好意思邀請客人來。（這樣不是惡性循環嗎！）

# 越煮越怒

另一件需要「節好減怨」的家事是煮飯。雖然我現在很怕煮飯,但想當年住在波蘭時,我也是可以自己擀麵,做出韭菜盒子、鍋貼、蔥油餅和 pizza 的賢妻良母呢!然而這幾年,工作越來越繁重,兩個小孩又讓我忙得團團轉,每次走進廚房都得用最快的速度變出一餐,匆匆吃完後還要洗碗……最後,我幾乎感覺不到煮菜的愉悅,反而越煮越怒,只好大量外食或煮冷凍水餃(幸好台灣是外食天堂)。

但是,常常外食身體也會有負擔,所以偶爾還是得在家煮。有一天,我實在太忙了,只煮了義大利麵,倒了一罐市售番茄醬汁,灑點乳酪粉就端上桌。和有洋蔥丁絞肉雪白菇胡蘿蔔丁的義大利麵比起來,這義大利麵實在太陽春太營養不均衡了,但是很神奇,它超美味,而且因為沒付出什麼努力而美味加倍。

144

# 生活就是不斷地打怪

雖然家事妖怪很難對付，但有時候我寧願與它們相處，也不願回到書桌前，和另一批妖怪（專欄妖怪、翻譯妖怪、寫書妖怪……）打交道。不過，很多時候即使不願，還是要硬著頭皮上……我的生活，似乎就是不斷地打怪啊。

# PART ④

## 小孩是甜蜜的水逆

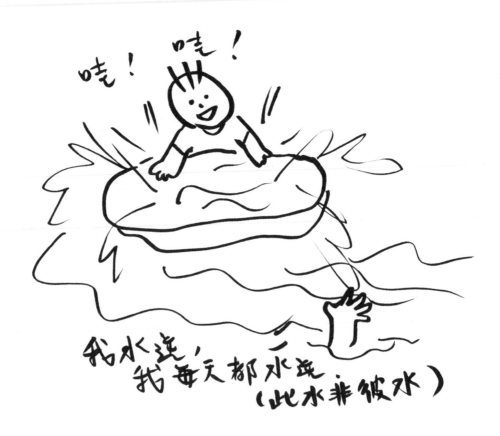

詩人吳晟說，小孩是「最沉重也是最甜蜜的負荷」。我當了媽媽後，覺得小孩是最猛烈也是最甜蜜的水逆。就像水逆期間會發生許多鳥事，很多東西會壞掉，養小孩期間也會發生許多鳥事，很多東西也會壞掉。手機突然像瓷器一樣有了冰裂紋、CD player 不能聽了、電腦黑銀幕了、眼鏡五馬分屍了、碗盤打碎了……這些都是小孩的傑作。心情好的時候你還可以安慰自己他在探索，心情不好的時候你也只能罵幾聲幹，然後去收拾（而且要吸塵，免得小孩踩到碎片），除此之外也不能怎樣（不管你大吼還是講道理他都聽不懂啊），就像面對水逆一樣，你只能默默忍受等它過。

但是就像水逆期間人會面對過去，在水逆過後獲得新生的力量，我覺得我也在育兒的過程中，和過去一些東西告別，獲得了一些新的東西。有小孩後，我看世界的方式和以前很不一樣。以前什麼人事物看不慣，就會火力全開開罵或是酸人，現在比較溫良恭儉了（有嗎？），因為怕一不小心被罵被酸的就是自己。比如，以前看到路人小孩好吵，我會想：「他媽是怎麼教的啊？」現在我會暗自慶幸：「還好還好，不是我的小孩……」或：「這個媽媽辛苦了啊。」但如果太吵，吵到我小孩，我也會怒想：「這媽怎麼不管一下？」真的好矛盾。

我想，我不是最好的媽媽，但我已經盡力了。就像孩子是第一次來到這個世上的新手人類，我也是新手媽媽。雖然育兒有種種不順，和小孩相處的過程依然很甜蜜、很療癒、很有啟發性、很令人開心。希望對小孩來說，和我相處的過程也是如此。

媽媽版將進酒

君不見黃金之水身上來，

奔流到腳不復回。

# 當媽後潔癖不藥而癒

當媽媽的人生，就是各種障礙的突破。小孩出生以前，我有潔癖，摸到屎尿或只是路上經過狗屎（經過喔，沒踩到），都會很恐慌地去洗手，常常把手洗破流血。老大出生，潔癖不藥而癒，不是因為母愛的力量，而是手弄髒的機會太多了，如果一直要洗手，手大概會像肥皂一樣被洗不見啊！

兒童餐 3兄弟

咖哩

蛋炒飯

義大利麵

# 一直吃同樣的食物

當媽後，我獲得的另一個新技能是能一直吃同樣的食物。小孩喜歡的食物好像都差不多：咖哩、蛋炒飯、義大利麵、水餃鍋貼、玉米片、漢堡薯條熱狗（這是垃圾食物只能偶一為之）、餅乾、吐司麵包，而且吃來吃去都不膩。雖然偶爾可以變花招做不同的菜色，但如果他們不吃，只有我一人當廚餘桶很累啊。每次和他們出去玩就是我最掙扎的時候，因為必須遷就他們吃義大利麵和 pizza（從花束到宜蘭，全台灣都是義大利）、日式定食、水餃⋯⋯都不能吃地方特色小吃。雖然理論上可以分開吃，但實際上執行起來很困難。

## 媽媽在弄

很多人都說，當媽媽要有愛心和耐心。但我覺得比那更重要的能力是：在小孩的尖叫哭泣中還能冷靜地煮飯、做家事、照顧小孩。但這是理想狀況啦，很多時候媽媽也會被感染，加入尖叫哭泣的行列。其實媽媽就像所有人一樣，也討厭小孩尖叫哭泣，聽到他一直在跳針：「麵包！麵包！麵包！喝水！喝水！喝水！啊！啊！啊！」（「啊」是那個他想要但不知道怎麼講的東西，是個萬用代名詞）也會煩躁抓狂。

當媽後，我的口頭禪是：「媽媽在弄。」而且也會和小孩一樣跳針：「媽媽在弄！媽媽在弄！媽媽在弄了！可以不要叫了嗎！」將心比心，小孩聽到媽媽一直碎碎念和催促，應該也覺得很煩⋯⋯

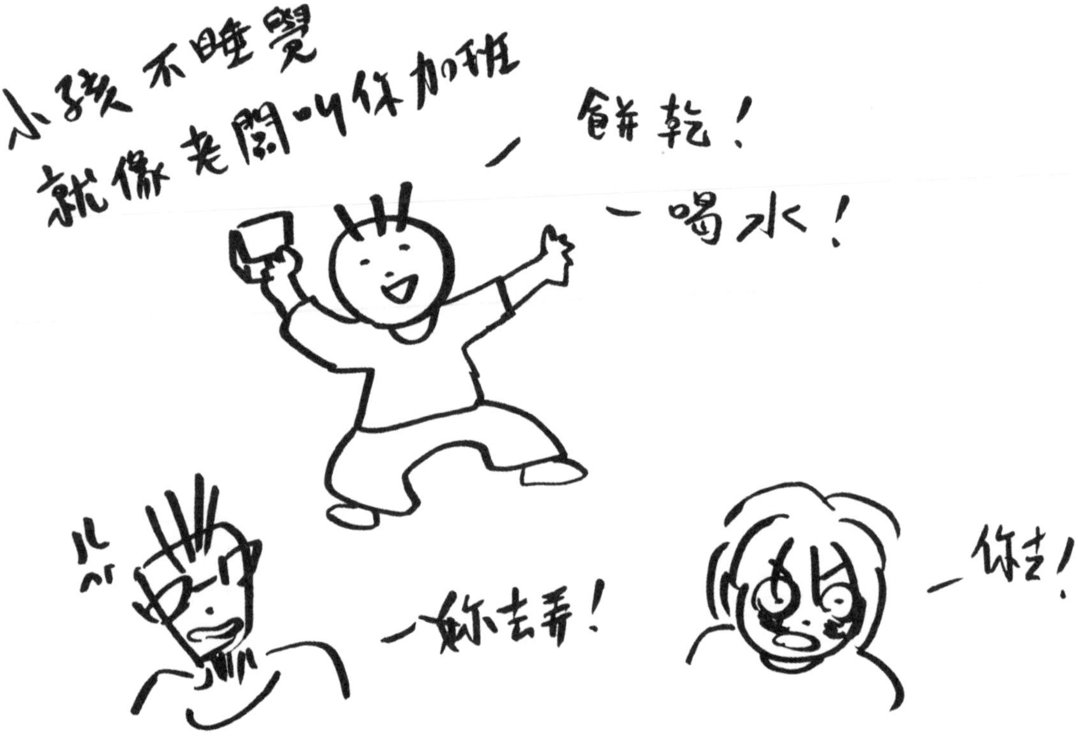
小孩不睡覺
就像老闆叫你加班
—餅乾！
—喝水！
—妳去弄！
—你去！

# 如 果 可 以 睡 眠 充 足 ， 誰 想 要 睡 不 飽 ？

當媽後的主要困擾之一是睡眠不足。睡不夠就會沒耐心、容易生氣，然後小孩看到媽媽在生氣就會更不好帶（不是唱反調搗蛋，就是開始哭），然後媽媽睡更少、更沒耐心、更生氣。

如果可以睡眠充足，誰想要睡不飽？但現實與理想的距離通常很遠。工作做不完、家事做不完就算了，很多時候即使你做對了所有的事（比如照書上說的，帶小孩出去玩一整天讓他消耗體力），小孩不睡就是不睡。小孩晚睡，爸媽的下班時間就往後延，休息（或上第二輪班）的時間就更少了。

# 小小孩可以睡過夜，媽媽就像中樂透

小孩睡著就天下太平了嗎？才怪呢！小小孩的媽媽要餵奶，不管是親餵或瓶餵都很累（除非可以叫老公去餵）。我兩個小孩都是我親餵（雖然奶量不足時有用配方奶），也讓他們奶睡。奶睡有多累？就讓我用一個比喻說明：有一隻巨蚊，兩三個小時一直在你身邊飛來飛去，三不五時叮你幾口，然後又飛走，然後又飛回來，如此重複 N 遍，終於安靜，幾個小時後整件事又捲土重來。所以當小小孩可以睡過夜，媽媽就會像中了樂透一樣歡欣鼓舞。

小孩長大不需要餵奶後，媽媽的睡眠品質會比較好。不過，有時候半夜小孩還是會因為夜驚、做惡夢、生長痛、睡不著、想喝水而醒來，媽媽還是得隨時待命。

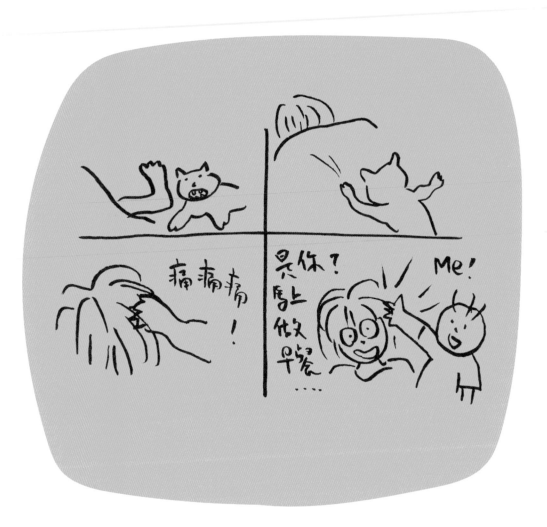

# 小孩就像新電池充一下可以用很久

小小孩是一種很神奇的生物，即使晚上沒睡多久，早上還是可以很早起來，眼睛睜得又大又亮，像貓一樣喵喵叫，催促你起來幫他做早餐、換尿布、陪他玩。對我這種需要熬夜趕稿的接案工作者來說，這是痛苦的折磨。比較大一點的小孩會睡比較久（可能他也變得像大人一樣容易累了吧？），但大小孩要上學，叫他起床也是另一種折磨……

厭世の輪迴

如果你早上起来
覺得小孩可愛
世界美好

過一兩個小時
你一定會覺得
小孩很煩
世界惡爛

重複N遍
直到
晚上

## ···· 
# 媽媽的情緒經常起起伏伏

在忙碌、睡不夠、充滿噪音、高壓的工作環境中，媽媽帶小孩時情緒經常起起伏伏，可能前一秒還覺得小孩好可愛世界好美好，下一秒就對小孩大吼大叫，之後又愧疚難過、對自己失望⋯⋯雖然許多人都希望媽媽的情緒穩定，帶給小孩溫馨的氣氛，但據我的觀察和經驗，很少媽媽的情緒是一片潔白的，而是充滿了黑白之間的各種灰階。

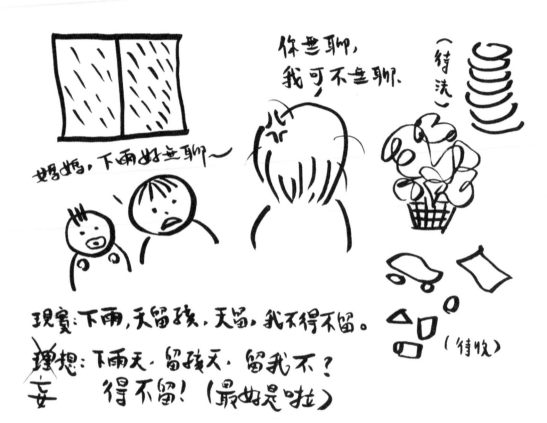

媽媽，下雨好無聊～

你無聊，
我可不無聊.

（待洗）

現實:下雨,天留孩.天晴,我不得不留。
理想:下雨天·留孩天·留我不？
妄　　　得不留！（最好是啦）

## 當媽後非常關心天氣

許多因素都會影響媽媽和小孩的互動，其中也包括天氣。自從當媽後，我非常關心天氣，每天都會看氣象預報，甚至一天看好幾次，彷彿在看股票漲跌。晴天代表可以帶小孩出去玩，讓他們放電，回家後就可一夜好眠，大家都開心。下雨的日子，家裡的氣氛就和外頭一樣愁雲慘霧，因為要一直聽小孩在那邊：「好──無──聊──喔！我要做什麼？我不知道我要做什麼！」不能出去，小孩心情也煩悶，煩悶就可能會吵架、打架，媽媽若是忍不住唸兩句、罵一下，小孩反應會很激烈，家裡就會下雷陣雨或颱颱風了。

感動<br>
而泣

寒假過完了～<br>
可以不必每天和<br>
小孩混了～

崩潰<br>
而哭

啊啊啊啊～<br>
要每天早起,做<br>
便當和看作業！

# 最怕連假和寒暑假

除了雨天，媽媽們最怕的大概就是連假和寒暑假吧。每到放假，我的媽媽同溫層中就哀鴻遍野，收假則是歡聲雷動。我的情況和大部分人不太一樣，放假我既緊繃（因為每天要陪小孩，安排計畫）又鬆了一口氣（至少半夜趕稿不必早起），開學也充滿了同樣矛盾的情緒。真要選一個，我還是比較喜歡放假，畢竟時間安排自由，也不用擔心小孩遲到和作業的問題。

# 出門旅行比在家累

許多家庭放假會一起出去玩，我們家也是。全家一起旅行，絕對比一個人或兩個人出去累。以前我只要收自己的行李，現在我要收兩個小孩的行李，還要催促老公收行李。預定出門的時刻要大幅提前，因為總有可能小孩突然肚子餓、要換尿布、忘了拿東西……

只要兩個人以上旅行，一定會吵架，和小孩一起出門吵架的次數會乘以雙倍或更多。舉凡在家可吵的，出門在外也會吵，而且還多了一些其他的事由：去哪玩、誰跟誰去、吃什麼、誰陪誰吃、旅館空間太小、小孩起不來、無法執行原訂計畫……很多時候要遷就小孩（比如一直吃義大利麵因為小孩不想吃別的），不能做自己想做的事（比如參觀瓷器店）。

既然有諸多不便，為什麼還要出門旅行呢？嗯，因為在吵架之間，還是有一些幸福快樂的時光可供日後回味。而且早餐有人準備好，不用自己做，房間有人打掃，弄髒了也不必擔心，對我來說，這就是最奢華的享受了啊。

# 兩個小孩一起搗蛋時

小孩乖的時候和睡覺的時候其實沒那麼難帶（這不是廢話嗎），最糟糕的時候，是唱反調和想睡又不睡……還有鬧過頭又講不聽。一個不夠，兩個一起，那真的很慘啊，就像颱風的藤原效應。如果爸爸也加入一起吼，就更難搞了。

# 一打二的真相

常常聽到「一打X」（一個人帶X個小孩）這個詞，不知道是從哪裡來的。我覺得我每天的生活，其實是被「二打一」（有時候老公參一腳，就是三打一）。被噪音攻打、被四肢攻打（小孩很喜歡在我身上滾來滾去踩來踩去，說我是他們的遊樂園）、被和小孩有關的家事攻打、被各種突發狀況攻打⋯⋯而且因為兩個小孩年紀有一段差距（老大已上小學，老二還是牙牙學語的幼兒），無法用相同招數（老大想玩撲克牌或桌遊，老二無法參與就會搗蛋），情況更加難以應付。

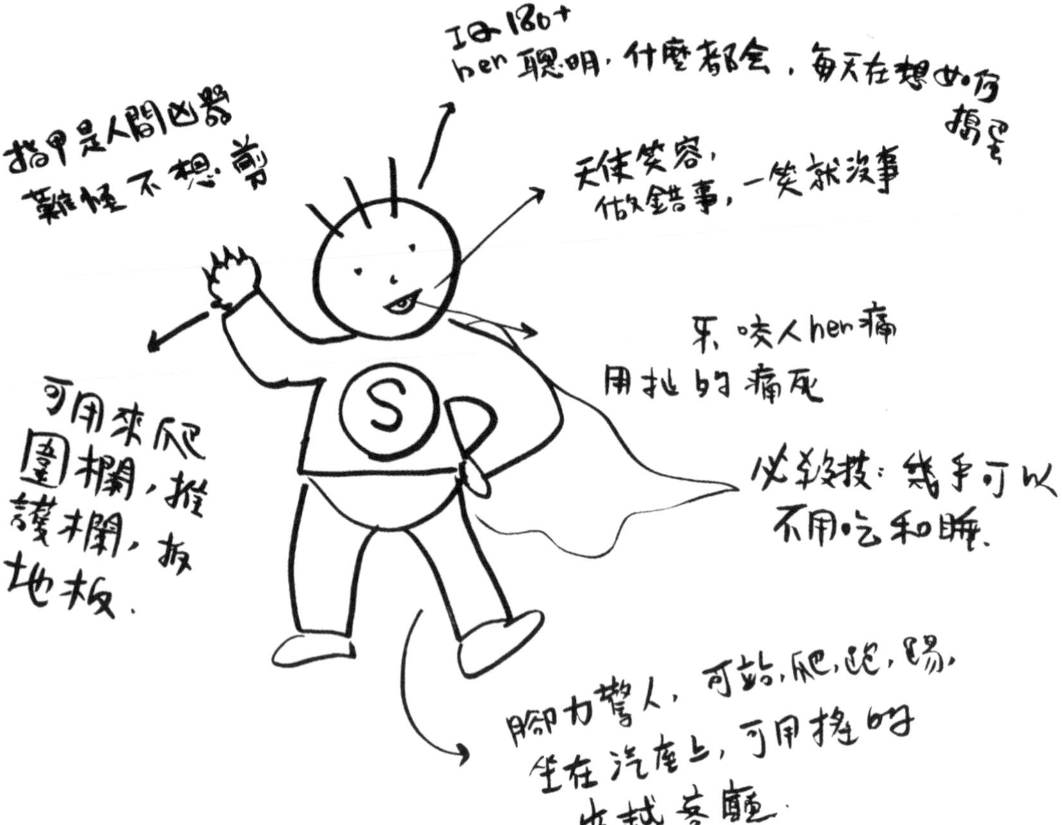
IQ 180+
hen聰明，什麼都會，每天在想如何搗蛋
指甲是人間凶器
難怪不想剪
天使笑容，
做錯事，一笑就沒事
牙 咬人hen痛
用扯的痛死
可用來爬
圍欄，推
護欄，拔
地板。
必殺技：幾乎可以
不用吃和睡。
腳力驚人，可站，爬，跑，踢，
坐在汽座上，可用搖的
來越

# 小孩不知道什麼是危險

除了年齡，兩個小孩的個性也差很多。雖然老大皮起來也是很皮，抓狂起來也很抓狂，但基本上他是個穩重小心、個性隨和、一個人也可以玩得很好、令人放心的小孩。老二就完全不同了。他從小就很好動，還不會翻身，就可以用雙腳的力量把自己從床的一端踢到另一端。長大一點後，爬欄杆、爬櫃子、爬桌子、玩電線、掀地板……樣樣都來，完全不知道什麼是危險。有一陣子，他甚至自己拉椅子爬到餐桌上，然後站在餐桌上拿旁邊的書櫃頂端的東西（所有他不該碰的電池藥物尖銳物品都放在上面啊）。我們罵也罵了，吼也吼了，他依然故我，只好使出撒手鐧：把桌子翻倒在地上。所以有三個星期，我們家吃飯是沒有餐桌的，只有一張矮矮的兒童桌。

## 愛藏東西的小孩

好奇的老二很喜歡碰東碰西、亂拿東西、亂摔東西，每次我要做什麼事（做菜、吃飯）都得空出一隻手來管他。想當然耳，比較複雜的家事我根本沒辦法在他身邊做，更別說工作了。

他喜歡拿，自然也喜歡藏東西。或說，他還沒有意識到「藏」這件事，只是拿著拿著就不知道放到哪去了，讓其他人氣得跳腳。不過，有時候他東翻西翻，也會翻出一些別人遺失或遺忘的物品。有一次，老大的作業不見了，找了兩天都找不到，最後是弟弟翻出來，老公才想起是他收的。

# 育兒就像鬼打牆

不知道是這個年紀就是這樣，還是老二個性如此，他常常會叫我去幫他削蘋果、烤麵包、煮水餃、給他裝水或果汁、哄他睡覺、幫他換尿布、餵他喝奶⋯⋯當我急急忙忙跑去做，他又說不要。我如果問：「確定不要嗎？」他又會說要，我開始動作，他又說不要⋯⋯就這樣一直鬼打牆。

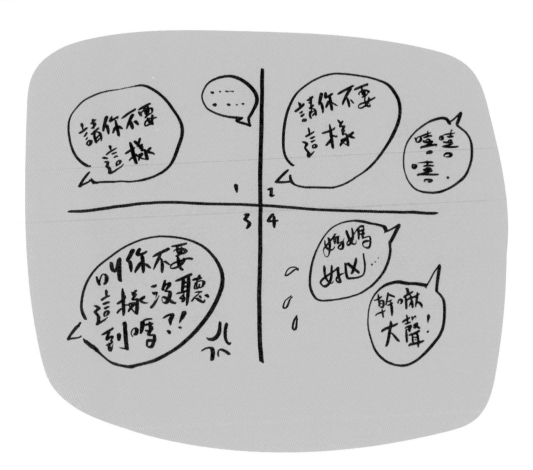

## • • • 為什麼每天都要來這套？

老二會透過要東要西吸引媽媽的注意，老大也有自己的討愛方式。很多時候，小的已經想睡了，大的看媽媽在哄小的，不甘寂寞，於是跑來撩小的（逗他玩或搶他的玩具），小的於是嘻嘻哈哈或哭哭啼啼，媽媽大吼，大的被吼走，小的又跑去找大的，但被大的吼回來，或是大小一起玩……反正不管怎樣，就是不睡了。

理智上，我知道老大想要獲得關注，不想讓弟弟獨佔媽媽，自己被排除在外。但是情感上，我只覺得：「我累了一天拜託你們行行好趕快去睡，為什麼每天都要來這套，是某種睡前儀式嗎？」有時候我會和老大說：「我先把弟弟哄睡，之後就可以陪你。」有時候他會聽，有時候不會。對小孩來說，「當下」可能才是最真實的，「之後」是抽象概念啊。

# 課輔之必要

雖然兄弟會吵架，還是玩在一起，不准他們一起玩還會抗議（這就是所謂的歡喜冤家？）。但寫作業的時候就很麻煩，老大剛上小學時我因為覺得要多陪他、不要把責任外包，於是沒給他上課輔。結果，每天放學都是災難的開始。老大會哀嚎：「國──字──好──難──寫──喔！為──什──麼──要──寫！」完全是我小時候的翻版。然後，弟弟也會在旁邊搗蛋，然後老大又會怒罵：「吼喲！你幹嘛啦！不要動別人的東西啦！媽！他在那邊吵我沒辦法寫！」淒風苦雨了好一段時間，最後終於給他上了課輔，讓他在學校完成作業。雖然沒有「從此大家都過著幸福快樂的生活」，但是真的減輕了不少負擔。

# 兄弟互打的難題

兩個孩子的家長應該常常會有這樣的疑問或掙扎：「大的欺負小的，要不要管？」這個問題就像「小孩哭了要不要抱？」沒有標準答案。有人說要，畢竟大的力氣比較大，不小心可能會打傷小的。有人說不要，因為大的會覺得不公平，而且如果小的打大的，那該怎麼辦呢？你總不能和哥哥說：「不能打弟弟。」然後在弟弟打哥哥時說：「他小不懂事。」（但我還是說了好幾次）如果你說：「打手腳可以，打頭不行。」這也不好，因為大的可能會用力去捏小的手或腿，你也會心疼。然後小的打大的頭，大的就會跑來和你告狀：「媽！他打我頭！」

因為兩個孩子年紀差比較多，所以我在老大做得太過份時，會制止他，叫他不要打弟弟或對弟弟大吼。幾乎每次，老大就會更生氣，情況一發不可收拾，最後所有人都會氣到或難過到哭出來。數次慘痛經驗後我發現，衝突發生時，趕快把弟弟抱走逃離現場是最好的方式。真的沒辦法，就媽媽自己逃出門，留給爸爸去處理（再說一次，逃避雖可恥但有用）。我也知道，很多時候我對老大不公平，但公平很難。不管怎麼做，一定都會有人覺得不公平。如果不去保護小的，他搞不好也會覺得不公平啊。

# 都是這樣的，這是正常的

手足互打的情況困擾了我好一段時間，有一天，我在家族聚餐時和堂哥訴苦，這位兩個孩子的爸帶著溫柔同理的語氣對我說：「都是這樣的，這是正常的。」聽到這話，我彷彿看到隧道盡頭的光，深淵之上垂下了一根救命的繩索（原來不是我不會教啊！而是大家都這樣）。但接著他說：「這會持續六年喔。」又讓我希望破滅。（好啦，沒有完全破滅，只是救贖仍在遠方）

# 這一切不會永遠持續

就像水逆是一陣一陣的，育兒的難題也是一陣一陣的，一個問題過了，新的問題會來，或者原本以為解決的問題又會捲土重來。好處是，不管在怎樣的谷底，都可以自我安慰：「這一切不會永遠持續。」沒錯，小孩不會永遠需要我抱，我不會永遠睡不好，他們不會永遠爬圍欄、爬桌子、玩電線、吞玩具、說ㄅㄆㄇㄈ好難寫，不會永遠和我吵架、和彼此吵架，也許有一天他們不會想和我講話，有一天，他們會交女友或男友，考大學或不考大學，找職業或失業，自己組家庭或獨自一人……那時候，我會有新的煩惱。一切都在變動，就像流水，每個水珠的瞬間都稍縱即逝，但也因此美麗，即使是那些令人痛苦的瞬間。

我們都在同一條船上一起渡河，或者說，我們都在不同的船上，但被綁在一起，互相牽制，互相幫助，一同面對世界的浪潮洶湧。

# 憤世媽媽

作　　者　　林蔚昀

社　　長　　陳蕙慧
主　　編　　陳瓊如
行銷企畫　　李逸文、尹子麟、姚立儷
內頁排版　　陳宛昀
封面設計　　謝捲子

讀書共和國集團社長　　郭重興
發行人兼出版總監　　曾大福
出　　版　　木馬文化事業股份有限公司
發　　行　　遠足文化事業股份有限公司
地　　址　　231 新北市新店區民權路 108-2 號 9 樓
電　　話　　(02)2218-1417
傳　　真　　(02)2218-0727
Email　　　service@bookrep.com.tw
郵撥帳號　　19588272 木馬文化事業股份有限公司
客服專線　　0800-221-029
法律顧問　　華洋國際專利商標事務所　蘇文生律師
印　　刷　　呈靖印刷股份有限公司
初版一刷　　2019 年 11 月 06 日

定　　價　　340 元

國家圖書館出版品預行編目 (CIP) 資料

憤世媽媽 / 林蔚昀著 . -- 初版 . -- 新北市：
木馬文化出版：遠足文化發行, 2019.11
　　面；　公分
ISBN 978-986-359-737-7( 平裝 )
863.55　　　108017712